열두 개의 달 시화집
十二月.
편편이 흩날리는 저 눈송이처럼

열두 개의 달 시화집
十二月.
편편이 흩날리는 저 눈송이처럼

윤동주 외 지음
칼 라르손 그림

저녁달
고양이

■ 일러두기
시인 고유의 필치(筆致)를 살리기 위해 표기와 맞춤법은 되도록 초판본을 따랐습니다.

십이월
분지나무로 깎은
아! 차려 올릴 소반의 젓가락 같구나.
님 앞에 들어 가지런히 놓으니
손님이 가져다 입에 뭅니다.

_고려가요 '동동' 중 十二月

차
례

편지

윤동주

누나!
이 겨울에도
눈이 가득히 왔습니다.

흰 봉투에
눈을 한줌 넣고
글씨도 쓰지 말고
우표도 붙이지 말고
말쑥하게 그대로
편지를 부칠가요?

누나 가신 나라엔
눈이 아니 온다기에.

호주머니

윤동주

넣을 것 없어
걱정이던
호주머니는,

겨울만 되면
주먹 두 개 갑북갑북.

내 마음을 아실 이

김영랑

내 마음을 아실 이
내 혼자 마음 날 같이 아실 이
그래도 어데나 계실 것이면
내 마음에 때때로 어리우는 티끌과
속임 없는 눈물의 간곡한 방울방울
푸른 밤 고이 맺는 이슬 같은 보람을
보밴 듯 감추었다 내어드리지.
아! 그립다.
내 혼자 마음 날 같이 아실 이
꿈에나 아득히 보이는가.
향 맑은 옥돌에 불이 달어
사랑은 타기도 하오련만
불빛에 연긴 듯 희미론 마음은
사랑도 모르리 내 혼자 마음은.

나와 나타샤와 흰당나귀

백석

가난한 내가
아름다운 나타샤를 사랑해서
오늘밤은 푹푹 눈이 나린다

나타샤를 사랑은 하고
눈은 푹푹 날리고
나는 혼자 쓸쓸히 앉어 소주(燒酒)를 마신다
소주를 마시며 생각한다
나타샤와 나는
눈이 푹푹 쌓이는 밤 흰당나귀 타고
산골로 가자 출출이 우는 깊은 산골로 가 마가리에 살자

눈은 푹푹 나리고
나는 나타샤를 생각하고
나타샤가 아니 올 리 없다
언제 벌써 내 속에 고조곤히 와 이야기한다
산골로 가는 것은 세상에 지는 것이 아니다
세상 같은 건 더러워 버리는 것이다

눈은 푹푹 나리고
아름다운 나타샤는 나를 사랑하고
어데서 흰당나귀도 오늘밤이 좋아서 응앙응앙 울 것이다

도끼질하다가
향내에 놀라도다
겨울나무 숲

斧入て香におどろくや冬木立

부손

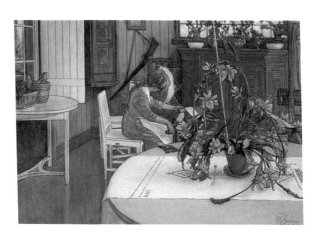

눈 오는 지도(地圖)

윤동주

순이(順伊)가 떠난다는 아침에 말 못할 마음으로 함박눈이 나려, 슬픈 것처럼 창(窓)밖에 아득히 깔린 지도(地圖) 위에 덮힌다. 방(房)안을 돌아다보아야 아무도 없다. 벽(壁)이나 천정(天井)이 하얗다. 방(房) 안에까지 눈이 나리는 것일까, 정말 너는 잃어버린 역사(歷史)처럼 홀홀이 가는 것이냐, 떠나기 전(前)에 일러둘 말이 있던 것을 편지를 써서도 네가 가는 곳을 몰라 어느 거리, 어느 마을, 어느 지붕밑, 너는 내 마음속에만 남아 있는 것이냐, 네 쪼고만 발자욱을 눈이 자꾸 나려 덮여 따라 갈 수도 없다. 눈이 녹으면 남은 발자욱 자리마다 꽃이 피리니 꽃 사이로 발자욱을 찾아 나서면 일년(一年) 열두 달 하냥 내 마음에는 눈이 나리리라.

그럼 안녕
눈 구경하러 갔다 오겠네
넘어지는 데까지

いざさらば雪見(ゆきみ)にころぶ所まで

바쇼

눈 밤

심훈

八
日

소리 없이 내리는 눈, 한 치, 두 치 마당 가뜩 쌓이는 밤엔
생각이 길어서 한 자외다, 한 길이외다.
편편이 흩날리는 저 눈송이처럼
편지나 써서 온 세상에 뿌렸으면 합니다.

이런 시(時)

이상

역사를하노라고땅을파다가커다란돌을하나끄집어내
어놓고보니도무지어디서인가본듯한생각이들게모양
이생겼는데목도들이그것을메고나가더니어디다갖다
버리고온모양이길래쫓아나가보니위험하기짝이없는
큰길가더라.

그날밤에한소나기하였으니필시그돌이깨끗이씻겼을
터인데그이튿날가보니까변괴로다간데온데없더라. 어
떤돌이와서그돌을없어갔을까나는참이런처량한생각
에서아래와같은작문을지었도다.

「내가그다지사랑하던그대여내한평생에차마그대를잊
을수없소이다. 내차례에못올사랑인줄은알면서도나혼
자는꾸준히생각하리다. 자그러면내내어여쁘소서」

어떤돌이내얼굴을물끄러미치어다보는것만같아서이
런시는그만찢어버리고싶더라

사랑과 잠

잠은 사랑과 같이 사람의 눈으로부터 든다
그러나 사랑은 사람의 눈동자로부터도 적발로 살그머니
들어가고
잠은 사람의 눈꺼풀로부터 공연(公然)하게 당당(堂堂)히
들어간다
그럼으로 사랑은 좀도적의 소인(小人), 잠은 군자(君子)!
또 그들의 달은 곳은 사랑은 사람의 마음 가운데 들고
잠은 사람의 몸 가운데 들어간다
그리고 사랑의 맛은 달되 체(滯)하기 쉽고
잠의 맛은 담담(淡淡)하야 탈남이 없다

둘이서 본 눈
올해에도 그렇게
내렸을까

二人見し雪は今年も降りけるか

바쇼

명상(瞑想)

가슬가슬한 머리칼은 오막살이 처마끝,
쉬파람에 콧마루가 서운한양 간질키오.

들창 같은 눈은 가볍게 닫혀
이 밤에 연정은 어둠처럼 골골히 스머드오.

손수건

장정심

차두의 작별하든 아차한 눈매
울일듯 울듯 참아 못보다
기적소리에 다시 고개들어
마지막 눈매를 보려하였소

그제는 당신이 고개를 숙이고
떨리는 당신의 가슴인듯이
바람에 손수건이 휘날리여
내마음 울리기를 시작하였소

일분 일각에 마조친 시선
할말을 못하며 난위든 그날
잡으려해도 잡을수없었고
머믈려했어도 머믈을수 없었소

시간을 다토아 달아나든차
사정을 어찌다 생각했으리까
멀어지던 당신의 손수건만
아직도 희미하게 보이는듯하오

창 구멍

윤동주

바람 부는 새벽에 장터 가시는
우리 아빠 뒷자취 보고 싶어서
춤을 발라 뚫어논 작은 창구멍
아롱 아롱 아침해 비치웁니다.

눈 나리는 저녁에 나무 팔러간
우리 아빠 오시나 기다리다가
혀끝으로 뚫어논 작은 창구멍
살랑 살랑 찬바람 날아듭니다.

TILL EMMY SOM ETT MINNE AF
UNGARNA   1892

이별을 하느니

이상화

어쩌면 너와 나 떠나야겠으며 아무래도 우리는 나눠야겠느냐
남몰래 사랑하는 우리 사이에 남몰래 이별이 올 줄은 몰랐으나

꼭두로 오르는 정열에 가슴과 입설이 떨어 말보다 숨결조차 못
쉬노라
오늘밤 우리 둘의 목숨이 꿈결같이 보일 애타는 네 맘 속을 내
어이 모르랴

애인아 하늘을 보아라 하늘이 까라졌고 땅을 보아라 땅이 꺼졌
도다
애인아 내 몸이 어제같이 보이고 네 몸도 아직 살아서 내 곁에
앉았느냐

어쩌면 너와 나 떠나야겠으며 아무래도 우리는 나눠야겠느냐
우리 둘이 나뉘어 생각하며 사느니보다 차라리 바라보며 우리
별이 되자

사랑은 흘러가는 마음 위에서 웃고 있는 가벼운 갈대꽃 인가
때가 오면 꽃송이는 고와지고 때가 가면 떨어지고 썩고 마는
가?

님의 기림에서만 믿음을 얻고 님의 미움에서는 외로움만 받을
너이었더냐?
행복을 찾아선 비웃음도 모르는 인간이면서 이 고행을 싫어할
나이었더냐?

애인아 물에다 물탄 듯 서로의 사이에 경계가 없던 우리 마음 위로
애인아 검은 그림자가 오르락나리락 소리도 없이 어른거리도다

남몰래 사랑하는 우리 사이에 우리 몰래 이별이 올 줄은 몰랐어라
우리 둘이 나뉘어 사람이 되느니 피울음 우는 두견이 되자

오려므나 더 가까이 내 가슴을 안으라 두 마음 한 가락으로 얼어보고 싶다
자그마한 부끄럼과 서로 아는 믿음 사이로 눈 감고 오는 방임(放任)을 맞이자

아주 주름잡힌 네 얼굴 이별이 주는 애통이냐? 이별을 쫓고 내게로 오너라
상아의 십자가 같은 네 허리만 더위잡는 내 팔 안으로 달려만 오너라

애인아 손을 다고 어둠 속에도 보이는 남색의 손을 내 손에 쥐어다오
애인아 말해다오 벙어리 입이 말하는 침묵의 말을 내 눈에 일러다오

어쩌면 너와 나 떠나야겠으며 아무래도 우리는 나눠야겠느냐?
우리 둘이 나뉘어 미치고 마느니 차라리 바다에 빠져 두 마리 인어로나 되어서 살까

당신에게

당신에게 노래를 청할 수 있다면
들일락 말락 은은 소리로
우리 집 창밖에 홀로 와서
내 귀에 가마니 속삭여주시오

당신에게 웃음을 청할 수 있다면
꿈인 듯 생신 듯 연연한음조로
봉오리 꽃같이 고은 웃음
괴롭든 즐겁든 늘 웃어주시오

당신에게 침묵을 청할 수 있다면
우리가 전일 화원에 앉아서
말없이 즐겁게 침묵하던
그 침묵 또다시 보내어 주시오

당신에게 무엇을 청할지라도
거절 안하실 터이오니
사랑의 그 마음 고이 싸서
만나는 그날에 그대로 주시오

十
六
日

하염없는 바람의 노래

나는 세상에
즐거움 모르는
바람이로라
너울거리는
나비와 꽃잎 사이로
속살거리는
입술과 입술 사이로
거저 불어지나는
마음없는 바람이로라

나는 세상에
즐거움 모르는
바람이로라
땅에 엎드린 사람
등에 땀을 흘리는 동안
쇠를 다지는 마치의
올랐다 나려지는 동안
흘깃 스쳐지나는
하염없는 바람이로라

나는 세상에
즐거움 모르는
바람이로라
누른 이삭은
고개 숙이어 가지런하고
빨간 사과는
산기슭을 단장한 곳에
한숨같이 옮겨가는
얼음없는 바람이로라

나는 세상에
즐거움 모르는
바람이로라
잎 벗은 가지는
소리없이 떨어 울고
검은 가마귀
넘는 해를 마저 지우는 제
자취없이 걸어가는
느낌없는 바람이로라

아 ─ 세상에
마음 끌리는 곳 없어
호을로 일어나다
스스로 사라지는
즐거움 없는
바람이로다.

그리움

이용악

눈이 오는가 북쪽엔
함박눈 쏟아져내리는가

험한 벼랑을 굽이굽이 돌아간
백무선 철길 우에
느릿느릿 밤새워 달리는
화물차의 검은 지붕에

연달린 산과 산 사이
너를 남기고 온
작은 마을에도 복된 눈 내리는가

잉크병 얼어드는 이러한 밤에
어쩌자고 잠을 깨어
그리운 곳 차마 그리운 곳

눈이 오는가 북쪽엔
함박눈 쏟아져내는가

十八日

고야(古夜)

백석

아배는 타관 가서 오지 않고 산비탈 외따른 집에 엄매와 나와
단둘이서 누가 죽이는 듯이 무서운 밤 집뒤로는 어느
산골짜기에서 소를 잡어먹는 노나리꾼들이 도적놈들같이
쿵쿵거리며 다닌다

날기멍석을 져간다는 닭보는 할미를 차 굴린다는 땅아래 고래
같은 기와집에는 언제나 니차떡에 청밀에 은금보화가
그득하다는 외발 가진 조마구 뒷산 어늬메도 조마구네 나라가
있어서 오줌누러 깨는 재밤 머리맡의 문살에 대인 유리창으로
조마구 군병의 새까만 대가리 새까만 눈알이 들여다보는 때
나는 이불속에 자즈러붙어 숨도 쉬지 못한다

또 이러한 밤 같은 때 시집갈 처녀 막내고무가 고개너머
큰집으로 치장감을 가지고 와서 엄매와 둘이 소기름에 쌍심지의
불을 밝히고 밤이 들도록 바느질을 하는 밤 같은 때 나는
아릇목의 삿귀를 들고 쇠든밤을 내여 다람쥐처럼 밝어먹고
은행여름을 인두 불에 구어도 먹고 그러다는 이불 우에서
광대넘이를 뒤이고 또 누어 굴면서 엄매에게 웃목에 두른
평풍의 새빨간 천두의 이야기를 듣기도 하고 고무더러는 밝는
날 멀리는 못 난다는 뫼추라기를 잡어달라고 조르기도 하고

내일같이 명절날인 밤은 부엌에 쩨듯하니 불이 밝고 솥뚜껑이
놀으며 구수한 내음새 곰국이 무르끓고 방안에서는 일가집
할머니가 와서 마을의 소문을 퍼며 조개송편에 달송편에
쥔두기송편에 떡을 빚는 곁에서 나는 밤소 팥소 든 콩가루소를
먹으며 설탕 든 콩가루소가 가장 맛있다고 생각한다
나는 얼마나 반죽을 주무르며 흰가루손이 되여 떡을 빚고
싶은지 모른다

섣달에 냅일날이 들어서 냅일날 밤에 눈이 오면 이 밤엔 쌔하얀
할미귀신의 눈귀신도 냅일눈을 받노라 못 난다는 말을 든든히
너기며 엄매와 나는 앙궁 우에 떡돌 우에 곱새담 우에 함지에
버치며 대냥푼을 놓고 치성이나 드리듯이 정한 마음으로 냅일눈
약눈을 받는다
이 눈세기물을 냅일물이라고 제주병에 진상항아리에 채워두고는
해를 묵여가며 고뿔이 와도 배앓이를해도 갑피기를 앓어도 먹을
물이다

편지

바라던, 바라던 님의 편지를
정성껏 품에 넣어가지고
사람도 없고 새도 없는
고요한 물가를 찾아 갔어요

물가의 바위를 등에 지고
그 님의 편지를 보느라니까
어느듯 숲에서 꾀꼬리가
나의 비밀을 알아채고서
꾀꼴꾀꼴 노래하며
물가를 건너 날아갑니다

비밀을 깨친 나의 마음은
놀램과 섭섭함에 분을 참고
그 님의 편지를 물속에 던지려다
그래도 오히려 아까워
푸른 시냇가 하얀 모래에
그만 곱게 묻어났어요

모래에 묻은 그 님의 편지
사랑이 자는 어여쁜 무덤
물도 흐르고 나도 가면
달 밝은 저녁에 뻐국새 나와서
그 님의 넋을 불러나 주려는지……

설야(雪夜) 산책

노천명

저녁을 먹고 나니 퍼뜩퍼뜩 눈발이 날린다. 나는 갑자기 나가고 싶은 유혹에 끌린다. 목도리를 머리까지 푹 눌러 쓰고 기어이 나서고야 만다.

나는 이 밤에 뉘 집을 찾고 싶지는 않다. 어느 친구를 만나고 싶지도 않다. 그저 이 눈을 맞으며 한없이 걷는 것이 오직 내게 필요한 휴식일 것 같다. 끝없이 이렇게 눈을 맞으며 걸어가고 싶다.

눈이 내리는 밤은 내가 성찬을 받는 밤이다. 눈은 이제 대지를 희게 덮었고, 내 신바닥이 땅 위에 잠깐 미끄럽다. 숱한 사람들이 나를 지나치고 내가 또한 그들을 지나치건만, 내 어인 일로 저 시베리아의 눈 오는 벌판을 혼자 걸어가고 있는 것만 같으냐?

가로등이 휘날리는 눈을 찬란하게 반사시킬 때마다 나는 목도리를 더욱 눌러 쓴다.

이제 그만 집으로 돌아가야겠다고 느끼면서도 발길은 좀체 집을 향하지 않는다.

기차 바퀴 소리가 유난히 크게 들린다. 지금쯤 어디로 향하는 차일까. 우울한 찻간이 머리에 떠오른다. 그 속에 앉았을 형형색색의 인생들, 기쁨을 안고 가는 자와 슬픔을 받고 가는 자를 한자리에 태워 가지고 이 밤을 뚫고 달리는 열차, 바로 지난해 정월 어떤 날 저녁의 의외의 전보를 받고 떠났던 일이, 기어이 슬픈 일을 내 가슴에 새기게 한 일이 생각나며, 밤 차 소리가 소름이 끼치도록 무서워진다.

이따금 눈송이가 뺨을 때린다. 이렇게 조용히 걸어가고 있는 내 마음속에 사라지지 못할 슬픔과 무서운 고독이 몸부림쳐 견디어 내지 못할 지경인 것을 아무도 모를 것이다.

이리하여 사람은 영원히 외로운 존재일지도 모른다. 뉘집인가 불이 환히 켜진 창 안에서 다듬이 소리가 새어 나온다.

어떤 여인의 아름다운 정이 여기도 흐르고 있음을 본다. 고운 정을 베풀려고 옷을 다듬는 여인이 있고, 이 밤에 딱다기를 치며 순경(巡警)을 돌아 주는 이가 있는 한 나도 아름다운 마음으로 돌아가야 할 것이다.

머리에 눈을 허옇게 쓴 채 고단한 나그네처럼 나는 조용히 집 문을 두드린다.

눈이 내리는 성스러운 밤을 위해 모든 것은 깨끗하고 조용하다. 꽃 한 송이 없는 방안에 내가 그림자같이 들어옴이 상장(喪章)처럼 슬프구나.

창 밖에선 여전히 눈이 싸르르싸르르 내리고 있다. 저적막한 거리 거리에 내가 버리고 온 발자국들이 흰 눈으로 덮여 없어질 것을 생각하며 나는 가만히 눕는다. 회색과 분홍빛으로 된 천정을 격해 놓고 이 밤에 쥐는 나무를 깎고 나는 가슴을 깎는다.

눈보라

노천명

눈보라 속에 네거리 사람들은
오지 고, 스톱을 몰라 당황해 한다.

동상 하나 못 선 로터리에도
눈이 오니 괜찮다.

이런 날도 뜨거운 창안에서
사무를 생각해야 하는 사람들이 있겠다.

눈이 펑펑 쏟아지면
내 속에선 사과꽃이 핀다.
이대로 걸음이 내 집을 향해선 안 된다.
어디로 가야만 하겠다.
누구와 더불어 애기를 해야만 될 것 같다.

순례의 서

라이너 마리아 릴케

내 눈빛을 지우십시오
나는 당신을 볼 수 있습니다

내 귀를 막으십시오.
나는 당신을 들을 수 있습니다.

발이 없어도 당신에게 갈 수 있고
입이 없어도 당신을 부를 수 있습니다.
팔이 꺾여도 나는 당신을
내 심장으로 붙잡을 것입니다.

내 심장을 멈춘다면
나의 뇌수가 맥박 칠 것입니다

나의 뇌수를 불태운다면
나는 당신을 피 속에 싣고 갈 것입니다

Lösch mir die Augen aus

Rainer Maria Rilke

Lösch mir die Augen aus: ich kann dich sehn,
wirf mir die Ohren zu: ich kann dich hören,
und ohne Füße kann ich zu dir gehn,
und ohne Mund noch kann ich dich beschwören.
Brich mir die Arme ab, ich fasse dich
mit meinem Herzen wie mit einer Hand,
halt mir das Herz zu, und mein Hirn wird schlagen,
und wirfst du in mein Hirn den Brand,
so werd ich dich auf meinem Blute tragen.

미움

변영로

내 그를 미워하기로
제대로 고집 센 그가
손톱만치나 고치랴
타고난 제버릇을 !

내 그를 미워함이
힘 없고 보람 없기
새로운 〈체〉 막음 같고
꿈 속 팔짓 같구나

사랑이 빛 없음 같이
미움 따라 갚을진대
내 숨길 끊이기까지
내 그를 미워하리라.

새로워진 행복

박용철

검푸른 밤이 거룩한 기운으로
온 누리를 덮어싼 제,
그대 아침과 저녁을 같이하던
사랑은 눈의 앞을 몰래 떠나,
뒷산 언덕 우에 혼잣몸을 뉘라.
별 많은 하늘 무심히 바래다가
시름없이 눈감으면.
더 빛난 세상의 문 마음눈에 열리리니,
기쁜 가슴 물결같이 움즐기고,
뉘우침과 용서의 아름답고 좋은 생각
헤엄치는 물고기떼처럼 뛰어들리.
그러한 때, 저 건너,
검은 둘레 우뚝이 선 산기슭으로
날으듯 빨리 옮겨가는 등불 하나
저의 집을 향해 바쁘나니,
무서움과 그리움 섞인 감정에
그대 발도 어둔 길을 서슴없이 달음질해,
아늑한 등불 비치는데 들어오면,
더 아늑히 웃는 사랑의 눈은
한동안 멀리 두고 그리던 이들같이
새로워진 행복에 부시는 그대 눈을 맞아 안으려니.

간판 없는 거리

윤동주

정거장 플랫폼에
내렸을 때 아무도 없어,
다들 손님들뿐,
손님 같은 사람들뿐,
집집마다 간판이 없어
집 찾을 근심이 없어
빨갛게
파랗게
불붙는 문자도 없이
모퉁이마다
자애로운 헌 와사등에
불을 켜놓고,
손목을 잡으면
다들, 어진 사람들
다들, 어진 사람들
봄, 여름, 가을, 겨울,
순서로 돌아들고.

二十六日

고양이 달아나
매화를 흔들었네
으스름달

猫逃げて梅ゆすりけり朧月

곤스이

개

백석

접시 귀에 소기름이나 소뿔등잔에 아즈까리 기름을 켜는
마을에서는 겨울밤 개 짖는 소리가 반가웁다

이 무서운 밤을 아래웃방성 마을 돌아다니는 사람은 있어
개는 짖는다

낮배 어니메 치코에 꿩이라도 걸려서 산너머 국수집에
국수를 받으려 가는 사람이 있어도 개는 짖는다

김치 가재미선 동치미가 유별히 맛나게 익는 밤

아배가 밤참 국수를 받으려 가면 나는 큰마니 돋보기를
쓰고 앉어 개 짖는 소리를 들은 것이다

마당 앞 맑은 새암을

김영랑

마당 앞
맑은 새암을 들여다본다

저 깊은 땅 밑에
사로잡힌 넋 있어
언제나 먼 하늘만
내려다보고 계심 같아

별이 총총한
맑은 새암을 들여다본다

저 깊은 땅속에
편히 누운 넋 있어
이 밤 그 눈 반짝이고
그의 겉몸 부르심 같아

마당 앞
맑은 새암은 내 영혼의 얼굴

二
十
九
日

전라도 가시내

이용악

알룩조개에 입맞추며 자랐나
눈이 바다처럼 푸를 뿐더러 까무스레한 네 얼굴
가시내야
나는 발을 얼구며
무쇠다리를 건너온 함경도 사내

바람소리도 호개도 인젠 무섭지 않다만
어두운 등불 밑 안개처럼 자욱한 시름을 달게 마시련다만
어디서 흉참한 기별이 뛰어들 것만 같애
두터운 벽도 이웃도 못 미더운 북간도 술막

온갖 방자의 말을 품고 왔다
눈포래를 뚫고 왔다
가시내야
너의 가슴 그늘진 숲속을 기어간 오솔길을 나는 헤매이자
술을 부어 남실남실 술을 따러어
가난한 이야기에 고이 잠궈다오

네 두만강을 건너왔다는 석달 전이면
단풍이 물들어 천리 천리 또 천리 산마다 불탔을 겐데
그래두 외로워서 슬퍼서 치마폭으로 얼굴을 가렸더냐
두 낮 두 밤을 두리미처럼 울어 울어

불술기 구름 속을 달리는 양 유리창이 흐리더냐

차알싹 부서지는 파도소리에 취한 듯
때로 싸늘한 웃음이 소리 없이 새기는 보조개
가시내야
울 듯 울 듯 울지 않는 전라도 가시내야
두어 마디 너의 사투리로 때아닌 봄을 불러 줄께
손때 수줍은 분홍 댕기 휘 휘 날리며
잠깐 너의 나라로 돌아가거라

이윽고 얼음길이 밝으면
나는 눈포래 휘감아치는 벌판에 우줄우줄 나설 게다
노래도 없이 사라질 게다
자욱도 없이 사라질 게다

그믐밤

허민

그믐밤 하늘 우에 겨운 별빛은
내 사랑이 가면서 남긴 웃음가
힘도 없이 떠나신 그의 자취는
은하숫가 희미한 구름 같아라.

땅 우에 외롭게 선 이내 넋은
무덤 없는 옛 기억에 불타오르네
모든 원성 닥쳐도 변치 말고서
뜻과 뜻을 같이해 나가란 말씀.

허물어진 내 얼굴에 주름 잡히고
까스러운 노래도 한숨의 종자
희미하게 떠오르는 웃음의 별을
말없이 잡으려는 미련의 마음.

윤동주

尹東柱. 1917~1945. 일제강점기의 저항(항일)시인이자 독립운동가. 아명은 해환(海煥). 해처럼 빛나라는 뜻이다. 동생인 윤일주의 아명은 환(達煥)이다. 갓난아기 때 세상을 떠난 동생은 '별환'이다.

윤동주는 만주 북간도의 명동촌에서 태어났으며, 기독교인인 할아버지의 영향을 받았다. 1931년(14세)에 명동소학교를 졸업하고, 한때 중국인 관립학교인 대랍자 학교를 다니다 가족이 용정으로 이사하자 용정에 있는 은진중학교에 입학하였다. 1935년에 평양의 숭실중학교로 전학하였으나, 학교에 신사참배 문제가 발생하여 폐쇄당하고 말았다. 다시 용정에 있는 광명학원의 중학부로 편입하여 거기서 졸업하였다.

1941년에는 서울의 연희전문학교 문과를 졸업하고, 일본으로 건너가 도쿄에 있는 릿쿄 대학 영문과에 입학하였다가, 다시 1942년, 도시샤 대학 영문과로 옮겼다. 학업 도중 귀향하려던 시점에 항일운동을 했다는 혐의로 일본 경찰에 체포되어(1943. 7), 2년형을 선고받고 후쿠오카 형무소에서 복역하였다. 그러나 복역 중 건강이 악화되어 1945년 2월에 생을 마감하고 말았다. 유해는 그의 고향 용정에 묻혔다. 한편, 그의 죽음에 관해서는 옥중에서 정체를 알 수 없는 주사를 정기적으로 맞은 결과이며, 이는 일제의 생체실험의 일환이었다는 주장도 제기되고 있다.

15세 때부터 시를 쓰기 시작하여 첫 작품으로 〈삶과 죽음〉〈초한대〉를 썼다. 발표 작품으로는 만주의 연길에서 발간된 《가톨릭 소년》지에 실린 동시 〈병아리〉(1936. 11) 〈빗자루〉(1936. 12) 〈오줌싸개 지도〉(1937. 1) 〈무얼 먹구사나〉(1937. 3) 〈거짓부리〉(1937. 10) 등이 있다. 연희전문학교 시절 작품으로는 《조선일보》에 발표한 산문 〈달을 쏘다〉, 교지 《문우》지에 게재된 〈자화상〉〈새로운 길〉이 있다. 그리고 그의 유작인 〈쉽게 쓰여진 시〉가 사후에 《경향신문》에 게재되기도 하였다(1946).

그의 절정기에 쓰인 작품들을 1941년 연희전문학교를 졸업하던 해에 《하늘과 바람과 별과 시》라는 제목으로 발간하려 하였으나 뜻을 이루지 못하였다. 그의 자필 유작 3부와 다른 작품들을 모아 친구 정병욱과 동생 윤일주가, 사후에 그의 뜻대로 1948년, 《하늘과 바람과 별과 시》라는 제목으로 출간했다.

29년의 짧은 생애를 살았지만 특유의 감수성과 삶에 대한 고뇌, 독립에 대한 소망이 서려 있는 작품들로 인해 대한민국 문학사에 길이 남은 전설적인 문인이다. 2017년 12월 30일, 탄생 100주년을 맞이했다.

백석

白石. 1912~1996. 일제 강점기와 조선민주주의인민공화국의 시인이자 소설가, 번역문학가이다. 본명은 백기행(白夔行)이며 본관은 수원(水原)이다. '白石(백석)'과 '白奭(백석)'

이라는 아호(雅號)가 있었으나, 작품에서는 거의 '白石(백석)'을 쓰고 있다.

평안북도 정주(定州) 출신. 오산고등보통학교를 마친 후, 일본에서 1934년 아오야마학원 전문부 영어사범과를 졸업하였다. 부친 백용삼과 모친 이봉우 사이의 3남 1녀 중 장남으로 출생했다. 부친은 우리나라 사진계의 초기인물로 《조선일보》의 사진반장을 지냈다. 모친 이봉우는 단양군수를 역임한 이양실의 딸로 소문에 의하면 기생 내지는 무당의 딸로 알려져 백석의 혼사에 결정적인 지장을 줄 정도로 당시로서는 심한 천대를 받던 천출의 소생으로 알려져 있다.

1930년 《조선일보》 신년현상문예에 1등으로 당선된 단편소설 〈그 모(母)와 아들〉로 등단했고, 몇 편의 산문과 번역소설을 내며 작가와 번역가로서 활동했다. 실제로는 시작(時作) 활동에 주력했으며, 1936년 1월 20일에는 그간 《조선일보》와 《조광(朝光)》에 발표한 7편의 시에, 새로 26편의 시를 더해 시집 《사슴》을 자비로 100권 출간했다. 이 무렵 기생 김진향을 만나 사랑에 빠졌고 이때 그녀에게 '자야(子夜)'라는 아호를 지어주었다. 이후 1948년 《학풍(學風)》 창간호(10월호)에 〈남신의주 유동 박시봉방(南新義州 柳洞 朴時逢方)〉을 내놓기까지 60여 편의 시를 여러 잡지와 신문, 시선집 등에 발표했으나, 분단 이후 북한에서의 활동은 정확히 알려진 것이 없다.

백석은 자신이 태어난 마을과 마을 사람들 그리고 주변 자연을 대상으로 시를 썼다. 작품에는 평안도 방언을 비롯하여 여러 지방의 사투리와 고어를 사용했으며 소박한 생활 모습과 철학적 단면이 시에 잘 드러나 있다. 그의 시는 한민족의 공동체적 친근성에 기반을 두었고 작품의 도처에는 고향의 부재에 대한 상실감이 담겨져 있다.

김영랑

金永郎. 1903~1950. 시인. 본관은 김해(金海). 본명은 김윤식(金允植). 영랑은 아호인데 《시문학(詩文學)》에 작품을 발표하면서부터 사용하기 시작하였다. 초기 시는 1935년 박용철에 의하여 발간된 《영랑시집》 초판의 수록시편들이 해당되는데, 여기서는 자연에 대한 깊은 애정이나 인생 태도에 있어서의 역정(逆情)·회의 같은 것은 찾아볼 수 없다. '슬픔'이나 '눈물'의 용어가 수없이 반복되면서 그 비애의식은 영탄이나 감상에 기울지 않고, '마음'의 내부로 향해져 정감의 극치를 이루고 있다. 그의 초기 시는 같은 시문학동인인 정지용 시의 감각적 기교와 더불어 그 시대 한국 순수시의 극치를 보여주고 있다. 그러나 1940년을 전후하여 민족항일기 말기에 발표된 〈거문고〉 〈독(毒)을 차고〉 〈망각(忘却)〉 〈묘비명(墓碑銘)〉 등 일련의 후기 시에서는 형태가 변했을 뿐 아니라 인생에 대한 깊은 회의와 '죽음'의 의식이 나타나 있다.

이상

李箱. 1910~1937. 시인·소설가. 현대시사를 논할 때 결코 빼놓을 수 없는 시인이며, 1930년대에 있었던 1920년대의 사실주의, 자연주의에 반발한 모더니즘 운동의 기수였다. 그는 건축가로 일하다가 작품을 발표하였으며, 전위적이고 해체적인 글쓰기로 한

국의 모더니즘 문학사를 개척한 작가로 평가받고 있다. 겉으로는 서울 중인 계층 출신으로 총독부 기사였던 평범한 사람이지만, 20세부터 죽을 때까지 폐병으로 인한 각혈과 지속적인 자살충동 등 평생을 죽음의 공포 속에서 살아야 했던 기이한 작가였다. 한국 역사상 가장 독창적인 시와 소설을 창작한 바탕에는 이런 공포가 늘 그의 삶에 있었기 때문일지도 모른다.

이상화

李相和. 1901~1943. 시인. 본관은 경주(慶州). 호는 무량(無量)·상화(尙火, 想華)·백아(白啞). 경상북도 대구 출신. 7세에 아버지를 잃고, 14세까지 가정 사숙에서 큰아버지 이일우(李一雨)의 훈도를 받으며 수학하였다. 18세에 경성중앙학교(지금의 중앙중·고등학교) 3년을 수료하고 강원도 금강산 일대를 방랑하였다. 1917년 대구에서 현진건(玄鎭健)·백기만·이상백(李相佰)과 《거화(炬火)》를 프린트판으로 내면서 시작 활동을 시작하였다. 21세에는 현진건의 소개로 박종화(朴鍾和)를 만나 홍사용(洪思容)·나도향(羅稻香)·박영희(朴英熙) 등과 함께 '백조(白潮)' 동인이 되어 본격적인 문단 활동을 시작하였다. 그의 후기 작품 경향은 철저한 회의와 좌절의 경향을 보여주는데 그 대표적 작품으로는 〈역천(逆天)〉(시원, 1935)·〈서러운 해조〉(문장, 1941) 등이 있다. 문학사적으로 평가하면, 어떤 외부적 금제로도 억누를 수 없는 개인의 존엄성과 자연적 충동(情)의 가치를 역설한 이광수(李光洙)의 논리의 연장선상에 놓여 있는 '백조과' 동인의 한 사람이다. 동시에 그 한계를 뛰어넘은 시인으로, 방자한 낭만과 미숙성과 사회개혁과 일제에 대한 저항과 우월감에 가득한 계몽주의와 로맨틱한 혁명사상을 노래하고, 쓰고, 외쳤던 문학사적 의의를 보여주고 있다.

이용악

李庸岳. 1914~1971. 시인. 함경북도 경성 출생. 고향에서 보통학교를 졸업한 후 1936년 일본 조치 대학(上智大學) 신문학과에서 수학했다. 1935년 3월 〈패배자의 소원〉을 처음으로 《신인문학》에 발표하면서 작품활동을 시작하였으며 같은 해 〈애소유언(哀訴遺言)〉〈너는 왜 울고 있느냐〉〈임금원의 오후〉〈북국의 가을〉 등을 발표하는 등 왕성하게 창작활동을 했으며, 《인문평론(人文評論)》지의 기자로 근무하기도 했다. 1937년 첫번째 시집 《분수령》을 발간하였고, 이듬해 두번째 시집 《낡은 집》을 도쿄에서 간행하였다. 그는 초기 소년시절의 가혹한 체험, 고학, 노동, 끊임없는 가난, 고달픈 생활인으로서의 고통 등 자신의 체험을 뛰어넘은 서정시로 읊었다. 이러한 개인적 체험을 일제 치하 유민(遺民)의 참담한 삶과 궁핍한 현실로 확대시킨 점에 이용악의 특징이 있다. 1946년 광복 후 조선문학가동맹의 시 분과 위원으로 활동하면서 《중앙신문》 기자로 생활하였다. 이 시기에 시집 《오랑캐꽃》을 발간하였다.

노자영

盧子泳. 1898~1940. 시인·수필가. 호는 춘성(春城). 출생지는 황해도 장연(長淵) 또는 송화군(松禾郡)으로 전해지고 있지만 정확한 것은 알 수가 없다. 평양 숭실중학교를 졸업하고 고향의 양재학교에서 교편 생활을 한 적이 있으며, 1919년 상경하여 한성도서주식회사에 입사하였다. 1935년에는 조선일보사 출판부에 입사하여 《조광(朝光)》지를 맡아 편집하였다. 1938년에는 기자 생활을 청산하고 청조사(青鳥社)를 직접 경영한 바 있다. 그의 시는 낭만적 감상주의로 일관되고 있으나 때로는 신선한 감각을 보여주기도 한다. 산문에서도 소녀 취향의 문장으로 명성을 떨쳤다.

노천명

盧天命. 1911~1957. 일제 강점기의 시인, 작가, 언론인이다. 본관은 풍천(豊川)이며, 황해도 장연군 출생이다. 아명은 노기선(盧基善)이나, 어릴 때 병으로 사경을 넘긴 뒤 개명하였다. 1930년 진명여학교를 졸업하고, 그해 이화여전 영문학과에 입학했다. 이화여전 재학 때인 1932년에 시 〈밤의 찬미〉〈포구의 밤〉 등을 발표했다. 그 후 〈눈 오는 밤〉〈망향〉 등 주로 애틋한 향수를 노래한 시들을 발표했다. 널리 애송된 그의 대표작 〈사슴〉으로 인해 '사슴의 시인'으로 불리기도 했다. 독신으로 살았던 그의 시에는 주로 개인적인 고독과 슬픔의 정서가 부드럽게 담겨 있다.

박용철

朴龍喆. 1904~1938. 시인. 문학평론가. 번역가. 전라남도 광산(지금의 광주광역시 광산구) 출신. 아호는 용아(龍兒). 배재고등보통학교를 거쳐 일본에서 수학하였다. 일본 유학 중 김영랑을 만나 1930년 《시문학》을 함께 창간하며 문학에 입문했다. 〈떠나가는 배〉 등 식민지의 설움을 드러낸 시로 이름을 알렸으나, 정작 그는 이데올로기나 모더니즘을 지양하고 대립하여 순수문학이라는 흐름을 이끌었다. 〈밤기차에 그대를 보내고〉〈싸늘한 이마〉〈비 내리는 날〉 등의 순수시를 발표하며 초기에는 시작 활동을 많이 했으나, 후에는 주로 극예술연구회의 회원으로 활동하면서 해외 시와 희곡을 번역하고 평론을 발표하는 활동을 하였다. 1938년 결핵으로 요절하여 생전에 자신의 작품집은 내지 못하였다.

장정심

張貞心. 1898~1947. 시인. 개성 출생. 호수돈여자고등보통학교를 마치고 서울로 와서 이화학당유치사범과와 협성여자신학교를 졸업하고 감리교여자사업부 전도사업에 종사하였다. 1927년경부터 시작을 시작하여 많은 작품을 신문과 잡지에 발표했다. 기독교계에서 운영하는 잡지 《청년(青年)》에 발표하면서부터 등단했다. 1933년 한성도서주식회사에서 간행한 《주(主)의 승리(勝利)》는 그의 첫 시집으로 신앙생활을 주제로 하여 쓴 단장(短章)으로 엮었다. 1934년 경천애인사(敬天愛人社)에서 출간된 제2시집 《금선(琴線)》은 서정시·시조·동시 등으로 구분하여 200수 가까운 많은 작품을 수록하고 있다.

독실한 신앙심을 바탕으로 한 맑고 고운 서정성의 종교 시를 씀으로써 선구자적 소임을
다한 여류시인으로 높이 평가되고 있다.

허민

許民. 1914~1943. 시인·소설가. 경남 사천 출신. 본명은 허종(許宗)이고, 민(民)은 필명
이다. 허창호(許昌瑚), 일지(一枝), 곡천(谷泉) 등의 필명을 썼고, 법명으로 야천(野泉)이
있다. 허민의 시는 자유시를 중심으로 시조, 민요시, 동요, 노랫말에다 성가, 합창극에
까지 이르는 다양한 갈래에 걸쳐 있다. 시의 제재는 산·마을·바다·강·호롱불·주막·물귀
신·산신령 등 자연과 민속에 속하며, 주제는 막연한 소년기 정서에서부터 농촌을 중심
으로 민족 현실에 대한 다채로운 깨달음과 질병(폐결핵)에 맞서 싸우는 한 개인의 실존
적 고독 등을 표현하고 있다. 시 〈율화촌(栗花村)〉은 단순한 복고취미로서의 자연애호
에서 벗어나 인정이 어우러진 안온한 농촌공동체를 형상화함으로써 시적 비전을 제시
하고자 하였다.

황석우

黃錫禹. 1895~1959. 시인. 호는 상아탑이며, 서울에서 출생하였다. 일본 와세다 대학
정치경제과를 졸업하였으며, 1920년에 김억, 남궁벽, 오상순, 염상섭 등과 함께 문학지
《폐허》의 동인이 되어 상징주의 시 운동의 선구적인 역할을 하였다. 이듬해에는 박영
희, 변영로, 노자영, 박종화 등과 함께 동인지《장미촌》을 창간하였으며, 1929년에는 동
인지《조선시단》을 창간하였다. 한편, 중외일보, 조선일보 기자와 국민대학교 교무처
장 등을 지냈다. 저서로는《자연송》이 있다.

변영로

卞榮魯. 1898~1961. 시인, 영문학자, 대학 교수, 수필가, 번역문학가이다. 신문학 초창
기에 등장한 신시의 선구자로서, 압축된 시구 속에 서정과 상징을 담은 기교를 보였다.
민족의식을 시로 표현하고 수필에도 재능이 있었다. 그의 시작 활동은 1918년《청춘》
에 영시 〈코스모스(Cosmos)〉를 발표하면서부터 시작되었는데 당시에는 천재시인이라
는 찬사를 받기도 하였다. 그의 작품들은 부드럽고 정서적이어서 한때 시단의 주목을
받았으며, 작품 기저에는 민족혼을 일깨우고자 한 의도도 깔려 있었다. 대표작으로 〈논
개〉를 들 수 있다.

심훈

沈熏. 1901~1936. 소설가·시인·영화인. 1933년 장편 〈영원(永遠)의 미소(微笑)〉를《조선
중앙일보(朝鮮中央日報)》에 연재하였고, 단편 〈황공(黃公)의 최후(最後)〉를 탈고하였다
(발표는 1936년 1월 신동아). 1934년 장편 〈직녀성(織女星)〉을《조선중앙일보》에 연재하였
으며 1935년 장편 〈상록수(常綠樹)〉가《동아일보》창간15주년 기념 장편소설 특별공모

에 당선, 연재되었다.

〈동방의 애인〉〈불사조〉 등 두 번에 걸친 연재 중단사건과 애국시 〈그날이 오면〉에서
알 수 있듯이 그의 작품에는 강한 민족의식이 담겨 있다. 〈영원의 미소〉에는 가난한 인
텔리의 계급적 저항의식, 식민지 사회의 부조리에 대한 비판정신, 그리고 귀농 의지가
잘 그려져 있으며 대표작 〈상록수〉에서는 젊은이들의 희생적인 농촌사업을 통하여 강
한 휴머니즘과 저항의식을 고취시킨다.

라이너 마리아 릴케

Rainer Maria Rilke. 1874~1926. 독일의 시인. 보헤미아 프라하 출생. 로댕의 비서였던
것이 그의 예술에 큰 영향을 주었다. 아명(兒名)은 르네(René)이다. 1886~1890년까지 아
버지의 뜻을 좇아 장크트 푈텐의 육군실과학교를 마치고 메리시 바이스키르헨의 육군 고
등실과학교에 적을 두었으나, 시인적 소질이 풍부한데다가 병약한 릴케에게는 군사학
교의 생활은 정신적으로나 육체적으로나 견디기 힘들었다. 1891년에 신병을 이유로 중
퇴한 후, 20세 때인 1895년 프라하대학 문학부에 입학하여 문학수업을 하였고, 뮌헨으
로 옮겨 간 이듬해인 1897년 루 안드레아스 살로메를 알게 되어 깊은 영향을 받았는데,
1899년과 1900년 2회에 걸쳐서 루 안드레아스 살로메와 함께 러시아를 여행한 것이 시
인으로서 릴케의 새로운 출발을 촉진하였고, 그의 진면목을 떨치게 한 계기가 되었다.
1900년 8월 말 두 번째 러시아 여행에서 돌아온 뒤, 독일 보르프스베데로 화가 친구를
찾아갔다가 거기서 여류조각가 C. 베스토프를 알게 되었고, 이듬해 두 사람은 결혼했
다. 1902년 8월 파리로 가서 조각가 로댕의 비서가 되어 한집에 기거하면서 로댕 예술
의 진수를 접한 것은 릴케의 예술에 커다란 영향을 주었다. 제1차세계대전 후 어느 문학
단체의 초청을 받아 스위스로 갔다가 그대로 거기서 영주하였다. 만년에는 셰르 근처
의 산중에 있는 뮈조트의 성관(城館)에서 고독한 생활을 했다. 《두이노의 비가(Duineser
Elegien)》나 《오르페우스에게 부치는 소네트(Sonnette an Orpheus)》 같은 대작이 여기에서
만들어졌다. 1926년 가을의 어느 날 그를 찾아온 이집트의 여자 친구를 위하여 장미꽃
을 꺾다가 가시에 찔린 것이 화근이 되어 패혈증으로 고생하다가 그 해 12월 29일 51세
를 일기로 생애를 마쳤다.

마쓰오 바쇼

松尾芭蕉. 1644~1694. 하이쿠의 완성자이며 하이쿠의 성인, 방랑미학의 창시자로 불린
다. 마쓰오 바쇼는 에도 시대 전기에 해당하는 1644년 일본 남동부 교토 부근의 이가우
에노에서 하급 무사 겸 농부의 아들로 태어났다. 본명은 마쓰오 무네후사이고, 어렸을
때 이름은 긴사쿠였다. 아버지가 일찍 세상을 뜨자 곤궁한 살림으로 인해 바쇼는 열아
홉 살에 지역의 권세 있는 무사 집에 들어가 그 집 아들 요시타다를 시봉하며 지냈다. 두
살 연상인 요시타다는 하이쿠에 취미가 있어서 교토의 하이쿠 지도자 기타무라 기긴에
게 사사하는 중이었다. 친동생처럼 요시타다의 총애를 받은 바쇼도 이것이 인연이 되어

하이쿠의 세계를 접하고 기긴의 가르침을 받게 되었다. 언어유회에 치우친 기존의 하이쿠에서 탈피해 문학적인 하이쿠를 갈망하던 이들이 바쇼에게서 진정한 하이쿠 시인의 모습을 발견했고, 산푸·기카쿠·란세쓰·보쿠세키·란란 등 수십 명의 뛰어난 젊은 시인들이 바쇼의 문하생으로 모임으로써 에도의 하이쿠 문단은 일대 전기를 맞이했다. 부유한 문하생들의 후원으로 문학적으로나 경제적으로나 안정된 생활도 보장되었다. 서른일곱 살에 '옹'이라는 경칭을 들을 정도로 하이쿠 지도자로서 성공적인 삶을 누렸으나 37세에 모든 지위와 명예를 내려놓고 작은 오두막에 은둔생활을 하고 방랑생활을 하다 길 위에서 생을 마감했다.

요사 부손

与謝蕪村. 1716~1784. 에도 시대의 하이쿠 시인. 본명 다니구치 노부아키. 요사 부손은 고바야시 잇사, 마쓰오 바쇼와 함께 하이쿠의 3대 거장으로 분류된다. 일본식 문인화를 집대성한 화가이기도 하다. 부유한 집안에서 태어났지만 예술가가 되기 위하여 집을 떠나 여러 대가들에게 하이쿠를 배웠다. 회화에서는 하이쿠의 정취를 적용해 삶의 리얼리티를 해학적으로 표현했으며, 하이쿠에서는 화가의 시선으로 사물을 섬세하게 묘사해 아름답고 낭만적이면서도 생생하게 시작을 했다. 평소에 마쓰오 바쇼를 존경하여, 예순의 나이에 편찬한 《파초옹부합집(芭蕉翁附合集)》의 서문에 "시를 공부하려면 우선 바쇼의 시를 외우라"고 적었다. 부손에게 하이쿠와 그림은 표현 양식만이 다를 뿐 자신의 감성을 표출하는 수단이었다. 그가 남긴 그림 〈소철도(蘇鐵圖)〉는 중요지정문화재이며, 교토의 야경을 그린 〈야색루태도(夜色樓台圖)〉도 유명하다. 이케 다이가와 공동으로 작업한 〈십편십의도(十便+宜圖)〉 역시 대표작으로 꼽힌다.

이케니시 곤스이

池西言水. 1650~1722. 에도 시대 시대 중기의 하이쿠 시인. 마쓰오 바쇼와 교유하였고, 교토에서 활약했다. 당시 그는 시대의 새로운 바람을 추구하는 급진적 하이쿠 시인이었다. '초겨울 찬바람 끝은 있었다, 바다소리'의 유행으로 '고가라시 곤스이(木枯しの言水)'로 불렸다는 일화는 유명하다.

칼 라르손

Carl Larsson. 1853~1919. 스웨덴의 사실주의 화가이자
인테리어 디자이너.

스톡홀름에서 태어났으며 집안이 매우 가난하여 불우
한 어린 시절을 보냈다. 13살 때 학교 선생님의 설득으
로 스톡홀름 미술 아카데미(Stockholm Academy of Fine
Arts)에 들어갔으며 1869년에는 엔티크 스쿨(antique
school)에서 공부하였다. 이후 파리로 건너가 프랑스풍
의 부드러운 빛깔로 두텁게 칠한 수채화 작품을 많이 그
렸다.

스웨덴 왕립 미술아카데미에서 수학한 라르손은 1882
년 파리 외곽에 있는 스칸디나비아 예술가들의 거주
지 그레 쉬르 루앙(Grez-sur-Loing)에서 스웨덴 미술가 단체에 가입했다. 그곳에서 그는
장차 그의 아내가 될 미술가 카린 베르게를 만났다. 둘은 결혼해 여덟 명의 아이를 낳았
다. 1888년 라르손은 장인이 순트보른의 리틀 휘트네스에 마련해준 집으로 가족을 데
리고 이사했다. 1888년 순트보른으로 이주하면서 자신의 집을 예술가적인 취향으로 꾸
며 그곳에서 가족들과 평화롭고 소박한 전원생활을 하였다. 작품도 전원생활을 주제로
한 아름답고 장식성이 강한 그림들을 그려 화제를 모았다. 그는 가정생활의 소박하고
평화로운 모습을 그린 그림들로 유명하며, 종종 자신의 가족을 그리기도 했다.

그를 가장 유명하게 만들고 출판계를 놀라게 했던 작품은 바로 책의 삽화로, 《해 뜨는
집》(1895)의 삽화가 가장 유명하다. 그러나 라르손은 자신의 가장 중요한 작품으로 공
공건물에 그린 커다란 크기의 벽화들을 꼽았다. 그중에서도 〈한겨울의 희생〉(스웨덴어:
Midvinterblot)은 자신 생애 최고의 작품이라고 했다. 스웨덴 역사에서 중요한 사건과 인
물들을 주제로 그린 이 그림은 스톡홀름의 국립미술관을 장식하고 있다.

작품을 통해 보여준 그의 개성은 스웨덴의 대표적인 가구 브랜드인 이케아(IKEA)의 정
신적 모토가 되었고, 현재 미술시장에서 그의 작품은 5억 원을 호가하는 가치를 지니며,
시대를 뛰어넘어 높은 예술성을 인정받고 있다.

수많은 삽화들을 비롯하여 많은 작품을 남겼는데, 〈10월(October)〉(1882), 〈커다란 자
작나무 아래서의 아침식사(Breakfast under the big birch)〉(1894~1899) 〈한겨울의 희생
(Midwinter sacrifice)〉(1914-15) 등이 잘 알려져 있다.

0-1
Mammas and the small girls 1897

0-2
A Day of Celebration 1895

1
Cottage In Snow 1909

2
The Skier 1909

3
Required Reading 1900

4
Harvesting ice 1905

5-1
Woodcutters in the forest 1906

5-2
The Kitchen 1898

5-3
Interior with a Cactus 1914

6
Lisbeth 1916

7
Brita as Iduna (Iðunn) 1901

8
When the Children have Gone to Bed 1895

9
Woman Lying on a Bench 1913

10
For Karin's name day 1899

11
Lisbeth Reading 1904

12
Karin Reading 1904

13
Bridesmaid 1908

14
The day before christmas 1892

15-1
Karin on the Shore 1908

15-2
Lisbeth and The Lily 1908

16
Brita at the piano 1908

17-1
Esbjörn 1900

17-2
The Verandah 1895

19-1
Lillana in the Window with a Crocus 1912

18
Fishing 1905

19-2
Getting Ready for a Game 1901

20
Model Writing Postcards 1906

21-1
Los deberes, 1898

21-2
On the eve of the trip to England 1909

22
Brita in the drawing room 1910

23-1
An interior with a woman reading 1885

23-2
Roses de noel

24-2
Brita and me 1895

24-3
Karin and kersti 1898

24-1
Revelation 1917

25-1
Christmas Confectionery Decorations

25-2
Christmas Eve 1907

25-3
Detail of Christmas Eve 1906

26
Old Sundborn Church 1895

27
The Yard and Wash-House 1895

28
Cosy Corner 1894

29
Azalea 1906

30-1
Correspondence 1912

30-2
A Ray Of Sunshine 1893

31
Kerstis Sleigh Ride 1901

열두 개의 달 시화집
十二月。
편편이 흩날리는 저 눈송이처럼

초판 1쇄 발행 2018년 12월 15일
3쇄 발행 2021년 8월 22일

지은이 윤동주 외 17명
그린이 칼 라르손
발행인 정수동
발행처 저녁달

출판등록 2017년 1월 17일 제406–2017–000009호
주소 경기도 파주시 책향기로 371, 607–903
전화 02–599–0625
팩스 02–6442–4625
이메일 moon5990625@gmail.com
인스타그램 @moon5990625
ISBN 979–11–89217–01–3 02810

값 9,800원

이 도서의 국립중앙도서관 출판예정도서목록(CIP)은 서지정보유통지원시스템 홈페이지
(http://seoji.nl.go.kr)와 국가자료종합목록시스템(http://www.nl.go.kr/kolisnet)에서
이용하실 수 있습니다. (CIP제어번호 : CIP2018014460)